AF496358

LES TRIOMPHES DE LA PIETÉ SVR LES MAVVAISES MAXIMES D'VNE COVR PROPHANE.

REPRESENTEZ EN LA VIE d'vne des plus Illuſtres Dames de noſtre temps.

A PARIS,

Chez Guillaume Saſſier, Imprimeur & Libraire ordinaire du Roy, ruë des Cordiers, proche Sorbonne, aux deux Tourterelles.

M. DC. L.

Auec Permiſsion.

A

MADAME
MADAME LA DVCHESSE DE LIENCOVRT,

MADAME,

C'EST *vne maxime außi Chreſtienne qu'elle eſt veritable, que la Vertu eſt le plus puiſſant attrait des cœurs, eſtant le principe de l'amour, & le nœud des belles vnions: mais quand elle eſt attachée à la grandeur, & qu'elle rencontre vn cœur noble & genereux, c'eſt pour lors qu'elle s'y place, comme ſur le plus haut throſne de la gloire où elle regne auec tant d'empire qu'elle attire tous les hommages & honneurs des hommes; & comme elle n'a pas moins de chaleur que d'eſclat, elle jette aussi également dans les esprits l'admiration & l'amour. C'est pourquoy elle donne sujet à tout le monde d'en benir l'autheur, qui se trouue aussi bien dans la pourpre & les grandeurs, que dans la pauureté & les basses, & des emplois autant honorables que legitimes à ceux qui ont assés de capacité pour en dresser le Panegyrique, & en honorer le public par leurs escrits. L'integrité de vostre vie,* MADAME, *& le respect que ie dois à vos Vertus, qui m'ont inspiré ce glorieux dessein, tirant des forces de ma foiblesse, m'ont poussé à le poursuiure, mais l'Eloquence Chrestienne, qui toûjours simple & modeste en ses loüanges, à honte d'esleuer la verité par vn mensonge, & faire vne hyperbole pour honore vne Vertu, m'auroit imposé le silence, me permettant plûtost de les taire par respect, que de les esleuer par vanité, si ie n'auois creu rendre mon silence criminel, & faire de mon respect vne ingratitude insupportable, estant vne chose aussi deplorable qu'injuste, que tant de belles & admirables vertus demeurent ensevelies dans l'oubly, & que pour manquer de panegyristes, manquent aussi d'admirateurs. C'est le seul motif,* MADAME, *qui m'a porté à vous presenter ce petit dessein, qui estant conceu par l'authorité & l'amour des vertus, ne peut naistre que sous la faueur de celle qui en est la premiere image; me promettant que vous l'aurez agreable, & vous estant propre, ie trouue vn nouueau sujet d'en esperer vn fauorable accuëil. C'est vne rare peinture,* MADAME, *qui represente les Triomphes de la Pieté, & establit les victoires des grandes Maximes d'vne Cour vrayement Chrestienne,*

puis

vous pouuez voir combien l'ouurage est diuin, & que pour estre petit il n'en est pas moins estimable, puis qu'il releue aßés sa bassesse par la grandeur du sujet, & rehausse tellement son merite par celuy de vos Vertus, qu'il s'ose égaler aux plus sublimes ouurages. Cela fait, MADAME, *que n'osant rien au regard de tant de Grandeurs, j'ose tout pour vostre humilité, & que ie vous presente auec plus de liberté ce petit trauail comme vn gage de mon respect; I'espere que tout le monde le regardera d'vn œil fauorable, & que vos merites le rendront pretieux à plusieurs qui en feront leur lecture pour en faire leurs instructions, & d'autres leurs preceptes, comme vous en ferés le prix de vos Vertus; & ainsi j'auray l'accomplissement de mon ouurage, la recompense de ma peine, le comble de mes vœux, & l'honneur de me dire,*

MADAME,

Vostre tres-humble & tres-obeïssant seruiteur G. SASSIER.

LES TRIOMPHES DE LA PIETÉ, SVR LES MAVVAISES MAXIMES D'VNE COVR PROPHANE.

ODE.

ARE Portrait d'integrité
Dont les Vertus & la Naissance
Ont si hautement éclatté
Sur le Theatre de la France,
Qu'il n'y peut auoir d'Escriuain
Assez capable ou assez vain
Pour chanter ta gloire infinie;
Car, DVCHESSE, il faut aduoüer
Que l'esprit du plus haut Genie
Est trop petit pour te loüer.

S'il falloit reſuer vn Roman,
Peindre vn phantoſme auec des roſes,
Mentir ingenieuſement
Et dire bien de ſottes choſes,
I'irois chercher des viſions
Dans le païs des fictions
Où la muſe à de ſçauans ſonges,
Et ie croirois ſans vanité
Aggréer plus par des menſonges
Que d'autres par la verité.

Mais voulant tracer le portraict
De ta Vertu toute admirable,
Ie n'en veux prendre ny le trait
Ny les couleurs dedans la fable;
Ie laiſſe à cette intention
La pompe de l'expreſſion
Et la grandeur de l'hyperbole
Quoy qu'en cét illuſtre projet
Ie manque plûtoſt de parole
Que de matiere & de ſujet.

Il eſt vray ie manque en effect
Et peche par trop de courage
Eſtant vn ouurier imparfaict
D'entreprendre vn parfaict ouurage;
Cependant ma temerité
Trouue vn ſujet de vanité
Dans ce deſſein illegitime,
Et me propoſe à châque inſtant
Que l'excez de zele eſt vn crime
Qui s'efface en ſe commettant.

Toutefois pour te faire voir
Comme mon eſprit ſe meſure
Et reigle ſon petit pouuoir
A la grandeur de ta peinture,
Il n'attend pas à ce diſcours
Le chimerique & vain ſecours
Des Dieux qui ne ſont Dieux qu'aux fables;
Car en effect que dirois tu?
S'il imploroit des Dieux coupables
Voulant parler de ta vertu.

C'eſt au ſeul Dieu de verité
A qui ie rends ce juſte hommage;
Et ie m'addreſſe à ſa bonté
De qui la tienne eſt vne image
Si ce Peintre du cœur humain
Me conduit la plume & la main
Ne doutez point que ie ne faſſe
Le Pourtraict le mieux embelly
Que l'artifice & que la grace
Ayent ou pourtraict ou bien poly.

Puis que tu hais l'eſprit des cours
Ou l'artifice eſt en vſage,
Ie ne te farde en ce diſcours
Comme on y farde le viſage;
Si j'allois peindre ta beauté
I'en ſoüillerois la pureté
Et prophanerois en impie;
Ce temple viuant des appas
Mettant du fard ſur ta copie
L'original n'en ayant pas.

Ainſi puis que rien n'a ſaly
Ton tein chaſte comme ſa Mere
Que ton front jamais n'a paſly
Deſſous vne neige étrangere:
Ie ne ſuis pas ſi peu diſcret
Que d'appeller quoy qu'en ſecret
L'art au ſecours de la nature,
Comme ſi ton corps reparé
Ne pouuoit que par vne injure
Eſtre plus propre ou plus paré.

Ta ceruſe c'eſt ta candeur
Et tu n'as point de blanc d'Eſpagne
Que l'innocence & la blancheur
De la vertu qui t'accompagne,
Quoy que le plaſtre ait d'aggreant
Il eſt pourtant moins attrayant
Que ta charmante negligence,
Et ton corps eſt ſi compaſſé
Que moins il ſouffre qu'on l'agence,
Et plus il ſemble eſtre agencé

Laiſſe donc ces beautez d'atours
Et ces pompeuſes maſquarades
Qui ſous vn maſque de velours
En ont encor vn de pommades,
Le fard dont leur viſage eſt peint
Fait à leur face vn ſecond teint
Leurs fronts ſont des fronts d'hyperboles:
Tous leurs attraits ſont des menteurs
Toutes leurs beautez des idoles
Comme leurs ſots d'adorateurs.

On ne voit jamais ſur ton front
Ny des aſſaſſins ny des mouches,
Et ton grand cœur tient pour affront
De ſçauoir plaire à des yeux louches:
Loin de rehauſſer tes beautés
Par ces belles deformités
Et par ces agreables taches,
Qui ne voit qu'ayant force appas
Tu parois lors que tu les caches
Comme ſi tu n'en auois pas.

Combien

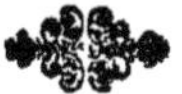

Combien de Dames dans Paris
Voit-on resuer sur vne glace
Pour apprendre à faire vn souris
Ou les doux yeux de bonne grace,
Toute leur Meditation
N'a pour but que la passion
De bien faire vne chimagrée!
D'instruire tous leurs mouuemens
Et d'vn sot geste qu'on agrée
En faire vn de leurs ornemens.

Pour toy tu n'as jamais appris
Cette science de grimaces
Qui n'appartient qu'aux bas esprits
Et qu'aux inclinations basses,
Ton port n'a rien d'étudié
L'artifice est congedié
Tant de ton corps que de ton ame,
Tout chez toy marche simplement;
Et quoy que tu sois grande Dame
Tu t'ornes fort petitement.

Le luxe qui n'as pas tes vœux
N'apprit jamais à ton courage
A friſer trois poils de cheueux
Et les blanchir meſme auant l'âge;
Cét étude n'eſt bien ſeant
Qu'à des coquettes de neant,
Qui fort peu belles & fort vaines
Voyans leurs attraits peu cheris
De leur cheueux ſe font des chaines
Pour des Amans ou des Maris.

Ces martyrs de la vanité
Qu'vn cruel & vain luxe immole,
Sont toûjours en captiuité
Pour le plaiſir de quelque idole,
Vne Dame pour ſe coiffer
Les met ſous la flamme & le fer
Sans aucune miſericorde;
Et pour les tenir mieux tendus
On n'épargne non plus la corde
Que s'ils n'eſtoient pas nés pendus.

D'effet quel ſupplice inhumain
Ne ſouffre ces fameux coupables
Sous l'effort d'vne belle main
Qui les tordant les rend aymables,
Leur beauté vient de leur tourment,
Leur martyre eſt leur ornement,
On les tire quand on les pare,
Ce qui leur nuit les embellit,
Et par leur geſne on les prepare
A la grace qui les polit.

Que de nœuds pour les enchaiſner
Sous l'orgueil d'vn riche eſclauage?
Que de beaux rubans pour donner
Plus d'appareil à leur ſeruage;
L'Art qui fait ſon ambition
De leur pompeuſe affliction
Les treſſe, les boucle, les gauffre,
Les captiue ſur vn beau front,
Et jamais ſa main ne leur offre
Vn bien fait qu'auec vn affront.

Mais ſi le luxe eſt amoureux
De la contrainte & de la mode,
Il eſt pourtant ſi mal-heureux
Que ce qu'il orne il l'incommode,
Et n'a jamais rien ajuſté
Qu'auec quelque incommodité
Sa grace eſt vne tyrannie :
Son ſoin vn mal diuertiſſant,
Ainſi la Dame eſt bien punie
Qui ſe tourmente en s'ageançant

DVCHESSE tu n'achetes pas
Auec tant d'art & tant de pompe,
L'illuſion d'vn freſle appas
Qui pare bien moins qu'il ne trompe:
On ne voit pas ſeruir tes mains
A ces aggreemens inhumains,
Dont la Cour fait tant de myſtere ;
Cour ou l'eſprit trop complaiſant
Prend bien plus de peine à malfaire
Que tu n'en prens en bien faiſant.

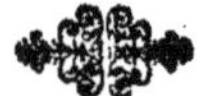

Que ne ſouffre vn corps qu'embellit
Vn vuide enbonpoint de ſquelette,
Qu'il faut quitter allant au lict
Et mettre au coin de la toillette;
Loin de toy ces corps de drapeau
Qui deſſus leur premiere peau
Se faiſant vn corps de baleine,
Le jour ont vn port Caualier
Et la nuict vne taile Naine
Qui tient encor à leur ſouillier.

Auſſi ces gens tous les matins
Reforment leurs ports ridicules,
Montans deſſus des grands patins
Pour aller à pied ſur des mules:
Ces affronteuſes majeſtés
Par des pieds à leurs pieds entés
Rehauſſant leur taille hypocrite,
N'en corrigent pas le deffaut;
Car on en eſt pas moins petite
Pour auoir vn patin plus haut.

Ton corps eſt ſi majeſtueux
Qu'il ne ſouffrit jamais reforme,
N'ayant rien de defectueux
Pour ſa taille ny pour ſa forme;
Son maintien graue & bien ſeant
N'a rien du Nain ny du Geant
Tout concourt à ſa bonne mine;
En vn mot il eſt comme il faut
Puis que ſa taille ſe termine
Entre l'excés & le deffaut.

Aujourd'huy que ſur les habits
On voit tant de galanterie
Que l'or, la panne, & le tabis
Seruent à la poupinnerie:
Aujourd'huy qu'on porte en galans
Plus d'aulnes de nouueaux rubans
Qu'il n'en faut pour dreſſer boutique;
Qu'on ſe picque de point couppé
Que pour vn luxe chimerique
Tout vn beau ſexe eſt occupé.

Que la mode eſt la paſſion
Des Dames de panne & de ſoye
Qui bornent leur ambition
A l'éclat d'vne petit' oye,
Modeſte en tes habillemens
Tu ne ſouffre point d'ornemens
Qui ne ſoient dans la bien-ſeance,
Deſdaignant tous les affiquets
Dont ſe ſert la magnificence
Afin de plaire à des coquets.

Ton eſprit n'affecte pas plus
Quoy qu'on en penſe & qu'on en die,
Les ébats vains & ſuperflus
Du cercle & de la Comedie:
Le bal & le petit coucher
Ne ſçeurent jamais te toucher,
Le cours pour toy n'a rien d'aymable,
Et la lecture des Romans
Ne peut fournir auec la fable
A tes hauts diuertiſſemens.

Ce ridicule amuſement
N'occupa jamais ta grande ame,
Et c'eſt par le corps ſeulement
Non par l'eſprit qu'on te croit femme;
Dieu qui deux ſexes a creé
Infailliblement t'a doüé
Des graces de l'vn & de l'autre,
Ton corps qui leur ſert de ſoutien
A toutes les vertus du noſtre
Sans auoir les pechez du tien.

Le Ciel qui n'auoit des threſors
Qu'afin de te rendre parfaite,
A placé deſſus ton beau corps
Encor vne plus belle teſte:
Mais n'eſtant pas bien ſatisfait
Du beau preſent qu'il t'auoit fait
De cette beauté corporelle:
Il a mis pour plus d'ornement
Dedans vne teſte ſi belle
Encor vn plus beau jugement.

Auſſi

Auſſi chacun eſt ſi ſurpris
De la force de ſa penſée,
Qu'aux ſentimens des grands eſprits
Il ſurpaſſe ceux de Licée:
Ton admirable jugement
Qui diſcourt naturellement
Se rit des reigles de Logique,
Et ces raiſonnemens profonds
Qu'on puiſe en la Dialectique
Il les puiſe en ton propre fonds.

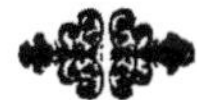

C'eſt pour cela que ſans danger
De tomber en quelque ſurpriſe,
Nous te voyons ſi bien juger
De la doctrine de l'Egliſe:
Bien eſt vray que ton jugement
Soumet ſon haut raiſonnement,
A la foy comme Dieu l'ordonne:
Suiuant plus ſans comparaiſon
Le Vatican que la Sorbonne,
Et l'Egliſe que ta raiſon.

C'eſt pourquoy tu hais le debat
Qu'on excite dedans l'Eſchole,
Qui n'a pour armes de combat
Que la raiſon & la parolle:
Quoy que ces guerres de ſçauant
Vuide d'effet, pleines de vent
Ne faſſent orphelin ny vefue,
Ton eſprit pourtant moderé
Ayme mieux la paix & la treſue
Qu'vn triomphe mal aſſeuré.

Tant de Schiſmes ſpirituels
Nés d'vne profonde ignorance,
Qui par leurs bruits continuels
Font tant ſouffrir l'Egliſe en France:
Ne t'ont pas encor diuerty
Du veritable & ſainct party,
Qu'on trouue dans la ſeule Egliſe:
Ny ne te pourront eſbranler
Depuis que tu t'és pluſtoſt miſe
A bien viure qu'à bien parler.

Tu ne ſuis pas l'illuſion
De ces deuotes égarées,
Qui ne font plus profeſſion
Que de deuotions dorées,
Tu ne fis jamais vanité
De cette riche pieté
Qui veut de l'or en ſa priere,
Et cherche auec empreſſement
Des heures à la Caualiere
Pour prier Dieu plus richement.

Tu hais encor plus juſtement
Ces deuotions à la mode
Qui par vn haut deſreiglement
A l'air du monde on accommode;
Mais tu ſouffres bien à regret
L'orgueil de ce culte indiſcret,
Qui met tout ſon plus haut merite
A lire ſans diſtractions
Les vers de ſainte Marguerite,
Auec les quinze effuſions.

C'eſt prophaner la pieté
Que d'en vſer de cette ſorte,
Dieu veut de noſtre fermeté
Vne deuotion plus forte:
On l'a toûjours veu condamner
Ceux qu'il voit plûtoſt s'adonner,
A lire beaucoup qu'a bien viure:
Et qui n'ont qu'vn culte mocqueur
Qui pour eſtre trop dans leur liure
N'eſt pas aſſés dedans le cœur.

Tu fais encor vn deſaueu
De la pieté qui harangue,
Qui dit beaucoup & qui fait peu
N'ayant d'effet que ſur la langue:
La tienne à des pieds & des mains
Pour l'aſſiſtance des humains,
Elle prie elle fait l'aumoſne:
Elle ouure aux pauures ſes maiſons,
Et paroiſt comme vne Amazonne
Dans les Conuents & les priſons.

Mais

Mais ce n'eſt pas en ce ſeul lieu
Que ta deuotion s'eſtalle,
C'eſt dedans la maiſon de Dieu
Qu'elle s'eſpreuue & ſe ſignale :
Rien de faſcheux ne l'amollit,
Elle s'attache au bout du lit
D'vn moribond couuert d'vlceres :
Elle cherit les inconnus,
Elle baſtit des Monaſteres
Et prodigue ſes reuenus.

Mais c'eſt trop, ton humilité
Teſmoigne aſſez l'antipathie,
Qu'elle ſent pour la verité
Qui s'oppoſe à ta modeſtie,
Ainſi pour ne pas l'offencer
Elle que rien ne peut bleſſer
Qu'vne loüange legitime,
Ie veux finir en aduoüant
Que ce n'eſt pas vn petit crime
De te deſplaire en te loüant.

PERMISSION.

PErmis faire Imprimer les vers intitulez, *Les Triomphes de la Pieté*. Fait ce 29. Aoust mil six cens quarante neuf.

D'AVBRAY.

www.ingramcontent.com/pod-product-compliance
Ingram Content Group UK Ltd.
Pitfield, Milton Keynes, MK11 3LW, UK
UKHW021201230726
13926UKWH00001B/231

9 782014 456080